Analyse de l'œuvre

Par Lucile Lhoste

La Princesse de Montpensier

de Madame de Lafayette

lePetitLittéraire.fr

Analyse de l'œuvre

Par Lucile Lhoste

La Princesse de Montpensier

de Madame de Lafayette

lePetitLittéraire.fr

Rendez-vous sur lepetitlitteraire.fr et découvrez :

Plus de 1200 analyses
Claires et synthétiques
Téléchargeables en 30 secondes
À imprimer chez soi

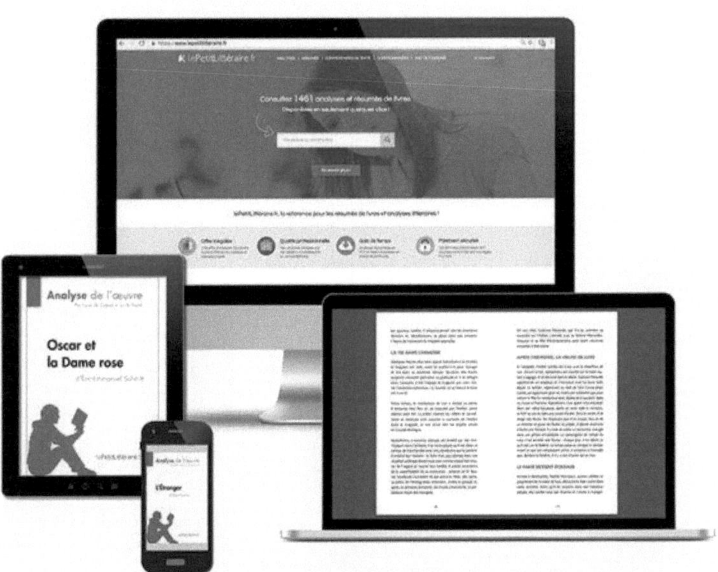

MADAME DE LAFAYETTE

FEMME DE LETTRES FRANÇAISE

- **Née en 1634 à Paris**
- **Décédée en 1693 dans la même ville**
- **Quelques-unes de ses œuvres** :
  - *La Comtesse de Tende* (1664), nouvelle
  - *Zaïde* (1671), roman
  - *La Princesse de Clèves* (1678), roman

Née Marie-Madeleine Pioche de la Vergne, Madame de Lafayette fait partie d'une famille noble. Dès sa jeunesse, elle fréquente les salons, devient demoiselle d'honneur d'Anne d'Autriche (régente de France, 1601-1666) et noue une solide amitié avec Madame de Sévigné (écrivaine française, 1626-1696). Elle rencontre d'autres auteurs dont La Rochefoucauld (écrivain français, 1613-1680), qui reste son ami jusqu'à sa mort. Elle épouse en 1655 le Comte François Motier de Lafayette, dont elle a deux enfants.

Son observation du grand monde lui permet d'imprégner ses écrits de galanterie. Ainsi publiet-elle d'abord *La Princesse de Montpensier* en 1662, suivie de plusieurs œuvres dont la plus emblématique, *La Princesse de Clèves*, ou les *Mémoires de la Cour de France pour les années 1688-1689*. À l'époque, son statut de fille de bonne famille, qui n'est pas censée pratiquer l'écriture, l'incite à ne pas signer ses ouvrages. Son nom a toutefois fini par être associé à ses œuvres, faisant d'elle l'une des plus importantes figures féminines de la littérature française.

LA PRINCESSE DE MONTPENSIER

UNE ŒUVRE QUI FONDE L'ART DE LA NOUVELLE AU XXIE SIÈCLE

- **Genre** : nouvelle
- **Édition de référence** : *La Princesse de Montpensier* suivi de *La Comtesse de Tende*, Paris, Le Livre de Poche, 2003, 190 p.
- **1re édition** : 1662
- **Thématiques** : amour, Renaissance, morale, rivalités, politique

Première œuvre notable de l'auteure, *La Princesse de Montpensier* a été publiée dès 1662 pour endiguer la diffusion de copies non autorisées. Madame de Lafayette y aborde l'histoire de Mlle de Mézières, devenue Princesse de Montpensier par son mariage, qui revoit par hasard son amour de jeunesse et voit s'embraser à nouveau une flamme qu'elle pensait éteinte. La nouvelle décrit en quelques dizaines de pages les interactions entre la princesse et ses prétendants, ainsi que la manière dont les uns et les autres tentent de dompter leurs sentiments.

Parue dans un siècle marqué par des nouvelles légères, ce récit surprend par son caractère sérieux et moral. Chez Madame de Lafayette, l'amour s'accommode peu de la vertu, et tant la Princesse de Montpensier que ses soupirants subissent les tourments de la passion. L'œuvre se veut réaliste et résolument pessimiste et, par son ancrage historique, connait un grand succès dès sa première parution.

RÉSUMÉ

Mademoiselle de Mézières, mariée selon la volonté de ses parents au Prince de Montpensier, a une vie peu trépidante jusqu'au jour où, lors d'un trajet en barque, elle rencontre le Duc de Guise et le Duc d'Anjou. Elle reconnait immédiatement le premier comme son amour d'enfance et, aidée par l'insistance dont il fait preuve, sent renaitre ses sentiments à son égard. La jeune femme débute alors une correspondance avec son amant, sans pour autant le revoir dans un cadre inapproprié à une femme mariée. Mais vaincue par ses propres sentiments, elle décide d'accepter un rendez-vous nocturne proposé par le Duc de Guise.

Avec la complicité du Comte de Chabannes, son chaperon et confident, elle fait entrer son amant dans sa chambre. Le Prince de Montpensier a cependant vent de cette aventure et veut surprendre sa femme en fâcheuse posture. Le Duc de Guise ne doit son salut qu'au comte, qui s'accuse à sa place, et il peut alors fuir vers Paris où il séduit une autre femme. Apprenant cette nouvelle, la Princesse de Montpensier ne peut résister au choc et meurt peu après de la douleur d'avoir perdu tout ce qui valait chez les hommes qui l'entouraient.

NAISSANCE ET ÉPANOUISSEMENT D'UN AMOUR ADULTÈRE

Dès sa jeunesse, la Princesse de Montpensier semble pourtant promise au futur Duc de Guise. Les deux jeunes gens s'aiment, et seule la crainte qu'a le jeune duc vis-à-vis de son oncle, le Cardinal de Lorraine, l'empêche de se déclarer officiellement. Il craint en effet l'autorité de celui qui lui tient lieu de père depuis la mort de ce dernier. Mais la maison de Bourbon, jalouse de cette proximité qui la priverait d'une alliance avantageuse, manœuvre afin de faire épouser Mlle de Mézières au Prince de Montpensier. Pour éviter l'éclosion de tensions supplémentaires – le Duc de Guise et le Prince en conçoivent une rivalité extrême –, la désormais Princesse de Montpensier accepte l'union. Après le mariage, son époux l'emmène avec lui à Champigny afin d'éviter les conflits parisiens. La nécessité de prendre part à la guerre ramène cependant le Prince à Paris.

Lors de l'un de ses retours, il part à la chasse. Sa femme, voulant l'y rejoindre, se rend à la rivière et finit par prendre place dans une barque. C'est alors qu'elle retrouve le Duc de Guise, parti en compagnie du Duc d'Anjou. La Princesse reconnait immédiatement le premier et, par courtoisie, invite les deux hommes en sa demeure. Elle éveille ce faisant tant les sentiments enfouis du Duc de Guise que ceux naissants du Duc d'Anjou, ainsi que ceux du Comte de Chabannes. Ce dernier, ami de longue date du Prince de Montpensier, a été appelé auprès de la jeune épouse peu après le mariage, afin de parfaire son éducation. Mais le temps passant, le Comte en est devenu amoureux, tout comme nombre d'hommes ayant croisé sa route. Il est l'un des rares à se déclarer mais est immédiatement éconduit ; toutefois très attaché au bonheur de la Princesse, il accepte d'être son confident et de l'écouter lui confier ses tourments concernant le Duc de Guise.

La paix finit par être retrouvée, de sorte que les protagonistes se retrouvent tous à la Cour de

Paris. La beauté de la Princesse, exaltée par le beau monde, achève de rendre amoureux les Ducs d'Anjou et de Guise. Ce dernier fait sa déclaration mais, surpris par le Prince de Montpensier, doit ensuite se faire plus discret. Au bal des noces du roi Charles IX (1550-1574), la Princesse, croyant parler au Duc de Guise alors qu'il s'agit du Duc d'Anjou, rejette sèchement ce dernier. Il est en effet alors question que l'homme qu'elle aime épouse la sœur du roi, Marguerite de Valois (1553-1615), et elle ne peut supporter cette éventualité. Jaloux et trompé, le Duc d'Anjou ruine la réputation de son rival auprès du roi pour empêcher son union. Une nouvelle dispute a lieu, suite à laquelle le Duc de Guise conclut d'autres arrangements avec la Princesse de Portien pour un mariage dès le lendemain du bal.

LA FATALITÉ RATTRAPE LES AMANTS

Néanmoins, la Princesse de Montpensier et le Duc de Guise se revoient et s'expliquent très vite. Ils réalisent la méprise qui a eu lieu le soir du bal et se font mutuellement part de leur passion. Le Prince, s'étant aperçu de ce changement, décide d'éloigner son épouse en l'envoyant à Champigny. Elle retrouve là-bas le Comte de Chabannes auquel elle fait part des derniers événements de sa relation avec le Duc de Guise. Bien qu'intérieurement fou de douleur, son confident accepte d'être le porteur des lettres que s'échangent dès lors les deux amants. Mais cette bonne volonté se retourne contre lui : la Princesse ne se lasse pas de lui lire les lettres qu'elle reçoit et malgré sa patience, il ne peut supporter plus longtemps cette épreuve. Un geste de la Princesse envers lui suffit cependant à le faire revenir, et il lui annonce même la visite prochaine du Duc de Guise.

Un accord est vite conclu pour organiser un rendez-vous secret. La Princesse de Montpensier doit demander à ce qu'on abaisse le pont-levis menant à sa chambre, tandis que le Comte de Chabannes se charge d'amener discrètement le Duc de Guise. Après beaucoup d'hésitations, la Princesse cède à la tentation et fait libérer l'accès à sa chambre. Le Comte de Chabannes y conduit l'intrus, avant d'aller se dissimuler dans un passage.

Malheureusement, le Prince de Montpensier, dont les appartements se trouvent non loin de là, est encore éveillé et s'aperçoit qu'une intrigue est en train de se nouer sous sa barbe. Le Comte de Chabannes entend sa réaction et, s'il est impossible de dissimuler totalement le fait que la Princesse a un amant, il réussit à faire sortir le Duc de Guise sans qu'il soit vu et se fait accuser à sa place. Sans attendre une réponse de son ami, il quitte définitivement le domaine pour Paris, où il sera assassiné la nuit de la Saint-Barthélémy.

Éprouvée par ce qu'il vient de se passer, la Princesse de Montpensier tombe quant à elle gravement malade. Son mari doit retourner à Paris pour faire face aux Huguenots. Le Duc de Guise, monté à Paris lui aussi, commence à fréquenter la Marquise de Noirmoutiers et oublie progressivement sa jeune amante. Apprenant cette nouvelle, ainsi que celle de la mort du Comte de Chabannes, la Princesse de Montpensier ne peut résister à tant de malheurs en même temps. Elle meurt peu de jours après, vaincue par la passion et la douleur mêlées.

ÉTUDE DES PERSONNAGES

LA PRINCESSE DE MONTPENSIER

Le personnage de la Princesse de Montpensier est inspiré par Renée d'Anjou-Mézières, duchesse de Montpensier, née en 1550. C'est une jeune fille déjà très riche – historiquement, ses parents lui ont laissé toutes leurs terres faute d'héritier mâle – et qui manifeste dès son enfance les prémices d'une grande beauté. Promise au Duc du Maine, elle est en réalité éprise du frère de ce dernier, le Duc de Guise. Tous deux deviennent amoureux alors qu'ils n'ont que treize ans. Bien qu'elle ne soit pas décrite physiquement, le principal trait qui la caractérise sur ce plan est la beauté. Il est mentionné à plusieurs reprises que le temps et le décor dans lequel elle se trouve magnifient son apparence.

Elle semble au départ être une personne ré-fléchie : c'est par exemple elle qui, considérant les conflits à naitre si elle refusait le mariage, accepte de s'unir au Prince de Montpensier. Suffisamment vertueuse pour repousser tout autre homme que son mari, elle cède pourtant rapidement à la passion amoureuse que ravive en elle le Duc de Guise quand ils se revoient pour la première fois. Elle n'a alors d'égards que pour lui et ne remarque pas la souffrance que l'expression de ses sentiments cause chez les autres, en particulier chez le Comte de Chabannes. Elle a pourtant de la considération pour son mari et son confident, mais qui relève finalement plus de l'estime que de l'amour.

C'est une femme qui se laisse rapidement dominer par ses sentiments, submerger même, au point d'en mourir prématurément en 1572 – la véritable Princesse meurt plus tard, au maximum en 1586. Influencée par la conception de la vertu de l'auteure, elle ne réalise que trop tard que c'est son amour pour un autre homme qui lui a tout coûté : « l'estime de son mari, le cœur de son amant et le plus parfait ami qui fut jamais. » (p. 113)

LE DUC DE GUISE

Le Duc de Guise, principal prétendant de la Princesse de Montpensier, est né Henri Ier de

Lorraine en 1550. Depuis la bataille de Dormans en 1575, il est surnommé le Balafré en raison d'une blessure à la joue gauche. Deux de ses frères sont mentionnés dans le récit dont le Duc du Maine, son cadet de quatre ans. Tous sont sous l'autorité de leur oncle, le Cardinal de Lorraine (1524-1574), qui leur tient lieu de père depuis la mort de ce dernier. Sur les champs de bataille, le Duc de Guise ne manque pas de faire valoir son habileté et d'accumuler les exploits. Il a également un esprit très aiguisé.

Dès le début du récit, il montre un tempérament fougueux, quitte à mettre en danger les relations de convenance entre sa maison et celle de Bourbon. Lorsqu'il apprend le futur mariage de sa bien-aimée avec le Prince de Montpensier, il expose sa colère si ouvertement que le Prince lui-même s'en aperçoit. De là naît la rivalité entre les deux hommes. C'est cette même propension à agir sans réfléchir qui le pousse à faire conclure son mariage avec la Princesse de Portien.

Empressé mais prudent, il réaffirme ses sentiments à la Princesse dès leurs premiers moments à Champigny. À partir de là, ses déclarations ne se font plus qu'en secret mais avec la plus grande effusion. Même lorsque la propre sœur du roi s'intéresse à lui, il ne joue le jeu que par convenance. Son comportement se teinte peu à peu d'égoïsme : comme la Princesse, il n'a aucun scrupule quant à impliquer le Comte de Chabannes, et il se détourne de son amie dès lors qu'il rencontre une femme plus accessible. Même s'il n'est pas directement responsable de sa mort, le peu de temps qu'il met à l'oublier y contribue.

LE COMTE DE CHABANNES

Le Comte de Chabannes est le seul des personnages principaux à avoir été inventé par l'auteure. Son nom provient sans doute de la famille de Chabannes, dont la véritable Princesse de Montpensier est d'ailleurs l'une des descendantes. C'est un vieil ami du Prince de Montpensier. Il est décrit comme un personnage d'un âge avancé, sage, doux et d'une très grande fidélité. Par égard pour son ami, il cache pendant toute une année ses sentiments naissants pour la Princesse alors qu'il la voit tous les jours, puisqu'il est chargé de la surveiller en l'absence du maitre de maison.

Sa fidélité s'exprime surtout dans l'amour. Il est en effet prêt à tous les sacrifices, même lorsqu'il est froidement éconduit après avoir enfin osé se déclarer. C'est à peine s'il ose se rebeller, pour revenir aussitôt. Il ravale son désespoir et sa rage pour favoriser les amours de la Princesse de Montpensier et du Duc de Guise, dont il est extrêmement jaloux sans réellement se l'avouer. Mais son plus grand sacrifice reste celui qu'il fait en s'opposant ouvertement au Prince et en se faisant passer pour l'amant de son épouse. Il ruine ainsi sa plus grande amitié et doit se retirer seul à Paris. Pris par hasard dans un groupe de Huguenots, il est tué la nuit de la Saint-Barthélémy en 1572 et trouvé peu après par le Prince de Montpensier.

Le Comte de Chabannes reste vertueux jusqu'au bout, respectant en ce sens les valeurs de Madame de Lafayette. Il avoue certes son amour mais en dehors de cette scène, ne tente rien qui puisse le compromettre. Il s'emporte rarement, maitrise ses pulsions même les plus violentes, fait tout pour le bonheur de la femme qu'il aime et, de manière plus générale, pour ceux qui l'entourent. De manière paradoxale, son honnêteté ne le protège pas d'un destin funeste : n'ayant pas commis la moindre action délictueuse, il a pourtant le malheur d'être tué parce qu'il se trouvait au mauvais endroit au mauvais moment.

LE PRINCE DE MONTPENSIER

Le Prince de Montpensier est né François de Bourbon en 1542 et est prince de sang par son appartenance à la maison de Bourbon. Dans le récit, il est souvent absent car son statut lui impose de prendre part aux guerres de religion. Attaché au devoir et à la fidélité, il supporte très mal la trahison de sa femme et celle, factice, du Comte de Chabannes. Il s'enquiert ainsi peu de l'état de la première quand elle tombe malade et se réjouit de la mort du second.

Ses attitudes ne sont cependant pas entièrement négatives. C'est lui qui protège le Comte de Chabannes de représailles, par amitié, et l'amène en sécurité à Champigny. Quand il n'est pas obsédé par ses soupçons envers la Princesse, il se montre un mari convenable. Mais son trait le plus prégnant est la jalousie : sa perspicacité lui fait voir assez vite l'attirance réciproque toujours présente entre la Princesse et le Duc de Guise, et il peut avoir de violentes colères à ce sujet. Malgré tous les soins du Comte de Chabannes pour maintenir une bonne entente dans le couple, il suffit d'une contrariété pour que ses émotions débordent.

LE DUC D'ANJOU

Le Duc d'Anjou a pour nom de naissance Alexandre-Édouard de France. Fils de Henri II (roi de France, 1519-1559) et de Catherine de Médicis (régente et reine de France, 1519-1589), il est aussi le frère de Charles IX. Ami du Duc de Guise, il est Duc d'Anjou depuis peu quand il rencontre la Princesse de Montpensier et tombe amoureux d'elle dès son séjour à Champigny.

Perspicace, il remarque immédiatement qu'il n'est pas le seul à avoir conçu de tels sentiments, mais est bien plus discret. En revanche, cela le conduit à adopter des comportements discutables : il recourt souvent au mensonge, à la dissimulation et à la manipulation pour nuire à son rival et le discréditer. Il ne profitera cependant jamais de ses manœuvres.

CLÉS DE LECTURE

L'ANCRAGE HISTORIQUE

À quelques rares exceptions et anachronismes près, La Princesse de Montpensier trouve sa source dans des personnages et des événements ayant réellement existé. Cela commence par l'histoire de la Princesse elle-même : elle fait référence à la vie de Mme de Roquelaure. Mariée en 1653 au duc de Roquelaure, un homme deux fois plus âgé qu'elle, cette femme était en fait amoureuse du marquis de Vardes. Comme le personnage, un tiers lui a servi de chaperon ; comme elle, elle a été abandonnée par son amant. Enfin, elle aussi meurt très jeune, à vingt-trois ans, vaincue par la douleur conjointe de l'abandon et d'un accouchement. Madame de Lafayette connaissait le duc, et donc la malheureuse histoire de sa jeune épouse. Il est donc hautement probable que l'histoire de la Princesse de Montpensier trouve écho dans celle de la duchesse.

L'époque à laquelle se déroule l'histoire n'a en revanche rien à voir avec le XVIIe siècle : de nombreux repères historiques permettent de situer l'œuvre au fur et à mesure de son déroulement. Ainsi, la mention de la guerre civile au début du récit permet de placer le récit au début des années 1560, et grâce à l'âge des protagonistes, nous pouvons le faire commencer plus précisément en l'année 1563. De la même manière, la mention du massacre de la Saint-Barthélémy (nuit de tueries visant les protestants), qui a eu lieu en 1572, permet de situer très précisément la mort du Comte de Chabannes. De manière générale, le récit évoque souvent des conflits en rapport avec les guerres de religion.

LES GUERRES DE RELIGION

L'appellation « guerres de religion » désigne des conflits armés ayant eu lieu entre 1562 – date du massacre de Wassy, au cours duquel une cinquantaine de protestants sont assassinés sur ordre du Duc de Guise [le père du Duc amoureux de la Princesse de Montpensier] – et 1598 – date de la signature de l'édit de Nantes. Ces guerres, qui opposent les catholiques et les protestants, partisans de la Réforme, durent quelques années et le roman englobe les quatre premières :

- La première se termine au moment où commence le récit, en 1563 ;
- La deuxième commence peu après le mariage des époux de Montpensier, en 1567, et se termine avec la paix de Longjumeau en 1568. C'est pendant cette période que la Princesse et le Comte de Chabannes sont seuls à Champigny, le Prince étant parti guerroyer ;
- La troisième commence dès 1569 (la phrase « La paix ne fit que paraître » [p. 67] fait directement allusion à cet intervalle de cinq mois) et se termine en 1570. Comme l'auteure l'affirme, le Duc d'Anjou s'y illustre effectivement en remportant la bataille de Jarnac, le 13 mars 1569, face au Prince de Condé ;
- La quatrième est attisée tant par les tensions déjà existantes que par la tentative d'assassinat sur l'amiral de Châtillon le 22 août 1572, mentionnée telle quelle dans la nouvelle. Elle est notamment marquée par le massacre de la Saint-Barthélémy, à Paris, qui commence la nuit du 23 au 24 août 1572. L'édit de Boulogne signe la fin du conflit l'année suivante.

Quatre autres guerres ont lieu jusqu'en 1598, au cours desquelles on retrouve les protagonistes survivants de la nouvelle sur le champ de bataille. C'est notamment le cas du Duc d'Anjou, qui devient le roi Henri III en 1575 et auquel succède Henri de Navarre – mentionné pour son mariage avec Marguerite de Valois – en 1590.

Malgré de nombreuses et véritables références historiques, Madame de Lafayette prend quelques libertés avec l'histoire. Le Duc d'Anjou n'a par exemple séjourné à Champigny qu'après les événements de la nouvelle. De même, il est sous-entendu que l'affront du Duc d'Anjou au Duc de Guise pendant le bal, au cours duquel il lui confie connaitre son amour secret, serait à l'origine de la constitution de la Sainte-Ligue, alors que rien ne le confirme. Le mariage de Marguerite de Valois et de Henri de Navarre, rival du Duc de Guise à ce moment-là, n'est pas encore un projet en 1570 mais est bien conclu deux ans après, comme l'est le mariage du Duc de Guise en 1570. Celle qui est nommée Marquise de Noirmoutiers ne le deviendra quant à elle que par mariage en 1584.

Il est cependant à noter que l'auteure fait preuve d'une grande exactitude dans les détails historiques qu'elle rapporte dans son œuvre. Afin de nourrir au mieux cette dernière, elle a puisé sa matière dans les écrits d'historiens du XVIe et du XVIe, dont Enrico Caterino Davila (1576-1631) et François Eudes de Mézeray (1610-1683). Tout en restant une œuvre de fiction, la nouvelle emprunte donc beaucoup à la réalité de son temps et du siècle passé.

LA NOUVELLE CLASSIQUE

La Princesse de Montpensier diffère de l'art du roman, et même de la nouvelle, par plusieurs aspects :

- Le roman est en ce temps-là marqué par de nombreuses publications, dans des genres littéraires multiples et très différents. Il raconte souvent les amours vertueuses de deux jeunes gens de haut rang sur fond de voyages. Le lecteur doit à la fois être pris dans l'histoire et avoir envie d'imiter les belles actions des protagonistes. Le récit principal est entrecoupé de récits périphériques, de lettres, de descriptions, de conversations entre les personnages, etc., ce qui le rend parfois très long, à l'image

de *L'Astrée* (1607-1627) d'Honoré d'Urfé (écrivain français, 1567-1625) ;
• La nouvelle est elle aussi bien installée : elle a d'abord bénéficié de la popularité du *Décaméron* (1349-1353) de Boccace (écrivain italien, 1313-1375) et de l'*Heptaméron* (1559) de Marguerite de Navarre (femme de lettres française, 1492-1549). Au XVIIe, elle s'est enrichie d'autres influences, dont celle notable de la nouvelle espagnole. Cette dernière inculque aux auteurs français un réalisme en rupture avec la poésie et l'invraisemblance qui caractérisent parfois le genre romanesque, et elle sert de précurseur à la nouvelle classique.

Jean Regnault de Segrais (homme de lettres, 1624-1701), un proche de Madame de Lafayette qui a publié sous son nom plusieurs de ses œuvres dont *La Princesse de Montpensier*, théorise la différence entre roman et nouvelle dans ses *Nouvelles françaises* dès 1656. Il y confronte plusieurs personnages qui opposent leur vision de la littérature. Est ainsi reproché au roman sa propension à la longueur, à l'invraisemblance, à l'exotisme et à la mise en scène de personnages antiques. Segrais lui préfère une narration resserrée, un lien fort avec l'histoire, des personnages de moindre condition et un cadre français. La nouvelle doit prévenir plutôt que divertir.

Influencée par Segrais qui fréquente sa maison, Madame de Lafayette donne corps aux recommandations de l'homme de lettres dans ses œuvres. *La Princesse de Montpensier* réunit à elle seule toutes ces caractéristiques :

- L'œuvre est très brève et tient en quelques dizaines de pages ;
- Il n'y a guère d'explications, de détails superflus, en dehors de ce qui sert strictement l'intrigue ;
- L'absence de récit-cadre, la nouvelle commençant *in medias res* par les événements conduisant au mariage de Mlle de Mézières ;
- Les personnages, certes de la noblesse, ne sont toutefois plus des princes ou des rois. De plus, ils ne sont pas exemplaires et cèdent souvent à la passion et la jalousie. L'histoire se mue ainsi d'amours parfaites en histoires de passions contrariées et malheureuses. Même le Comte de Chabannes, pourtant le personnage le plus exemplaire de tous, se laisse parfois emporter par ses émotions ;

- Le cadre historico-géographique est bien réel. L'intrigue prend place dans une époque à peine distante d'un siècle, sous le règne de Charles IX, et fait de fréquentes allusions à des conflits qui ont marqué ce temps. Bien que principalement limités à Champigny et Paris, les lieux sont aussi bien respectés y compris dans la distance qui les sépare – Loches n'est effectivement distant de Champigny que de quelques dizaines de kilomètres.

La Princesse de Montpensier n'est que le premier exemple du style de Madame de Lafayette, avant notamment *La Comtesse de Tende*, mais elle exploite déjà tous les ressorts de la nouvelle classique tels qu'ils ont été conçus par Segrais. L'ancrage historico-géographique en fait même la première nouvelle à prendre pour cadre l'Histoire de France. La principale incertitude réside finalement dans les personnages : si leur existence est avérée, rien ne garantit la véracité de leurs actions.

LES TRAVERS DE L'AMOUR ET DE LA VERTU

Dans *La Princesse de Montpensier*, tout semble démarrer sous des auspices « convenables » : ni tout à fait vertueux – la relation entre la Princesse et le Duc de Guise se dessine déjà – ni tout à fait dépravés – la Princesse est encore raisonnable dans ses choix. Mais le vernis craque bien vite : le mariage n'est conclu qu'à l'avantage des deux maisons, pour des raisons purement politiques. Les personnages se laissent dominer par leurs mauvais sentiments : le Prince de Montpensier s'emporte au moindre soupçon de jalousie, sa femme ne résiste jamais à l'envie de parler du Duc de Guise, et ce dernier ne laisse pas passer une occasion de favoriser leurs échanges.

Le mensonge et la dissimulation sont fréquents, que ce soit envers soi-même ou envers les autres. Lorsqu'une émotion plus positive survient, elle est si suspecte qu'elle n'est pas crue : ainsi le Comte de Chabannes risque-t-il la prison pour avoir choisi son amitié pour le Prince, simplement parce qu'il est impossible de croire autrui capable d'agir autrement que par ambition personnelle.

Sur le papier, la trame est aussi enchanteresse que dans les romans. Une princesse jeune, belle et riche s'éprend d'un jeune seigneur qui possède lui aussi de grandes qualités. L'amour a cependant chez Madame de Lafayette une connotation extrêmement négative : il est systématiquement associé à l'inquiétude, au malheur, au désespoir, au conflit et à la manipulation. Aucun personnage n'y échappe :

- La Princesse de Montpensier subit les tourments de l'amour comme exaltants, mais souffre des colères de son mari, de l'absence du Duc de Guise et de l'abandon qu'elle subit à la fin du récit. Elle-même peut se montrer insensible aux autres : cela se voit surtout dans la froideur avec laquelle elle rejette la déclaration du Comte de Chabannes ;
- Le Duc de Guise conçoit une grande rivalité avec le Prince et le Duc d'Anjou. Cette même rivalité va lui coûter sa position favorable auprès du Roi, donc son possible mariage avec la sœur de ce dernier, et le pousser à conclure un autre mariage dans la précipitation ;
- Le Prince de Montpensier, jaloux de nature, a plusieurs fois l'occasion de faire le reproche à sa femme de sa proximité avec le Duc. Paradoxalement, c'est une fois face à la réalité – du moins ce qu'il croit être la réalité – qu'il passe à l'autre extrême et se laisse abattre par le désespoir ;

- Le Comte de Chabannes n'est pas exempt de défauts. Son dévouement envers la Princesse n'est que le reflet de son incapacité à réfréner son amour. Il y sacrifiera tout le reste et mourra seul et malheureux, quoiqu'innocent de toute entorse à la vertu ;
- Le Duc d'Anjou joue avec les sentiments et les situations des autres par dépit de ne pouvoir assumer son amour. Il manipule la Princesse en la faisant souffrir, douter du Duc de Guise, et n'hésite pas à salir la réputation de ce dernier auprès du Roi quand il se voit rejeté.

Tout ceci participe d'une conception profondément pessimiste des choses : la vertu devient tromperie et adultère, l'amour prend les traits de la passion la plus dévastatrice. Tous s'abandonnent, parfois en s'oubliant eux-mêmes, et en paient le prix.

PISTES DE RÉFLEXION

QUELQUES QUESTIONS POUR APPROFONDIR SA RÉFLEXION...

- Dans quel contexte littéraire la nouvelle s'inscrit-elle ? Qu'est-ce qui explique la rupture avec la tendance de l'époque ?
- En quoi *La Princesse de Montpensier* peut-elle être située dans un cadre temporel précis ? Que cela révèle-t-il quant aux caractéristiques de la nouvelle ?
- Le Comte de Chabannes peut-il réellement être considéré comme un personnage innocent, au contraire des autres ? Qu'est-ce qui peut nuancer cette considération ?
- En quoi la thématique de l'amour est-elle dans cette œuvre profondément pessimiste ?
- À votre avis, pourquoi l'utilisation de personnages appartenant à l'Histoire a-t-elle concouru au succès de l'œuvre en son temps ?
- Quels sont les principaux moteurs derrière les mariages évoqués dans le récit ? Que cela révèle-t-il sur les mœurs de ce siècle ?

- La nouvelle et le film qui en a été tiré ont été inscrits à partir de 2017-2018 dans le programme du bac littéraire français, ce qui témoigne de leur importance. Comment justifiez-vous le fait que cette nouvelle soit aussi représentative de la littérature française ?
- Qu'est-ce qui fait de *La Princesse de Montpensier* une œuvre novatrice pour le XVIIe siècle ?
- Madame de Lafayette a écrit *La Comtesse de Tende*, qui présente des similitudes avec *La Princesse de Montpensier* : mariage de raison mais amour pour un autre, complicité d'un confident, issue malheureuse... Ces points sont également communs avec *La Princesse de Clèves*, roman phare de l'auteure. Quelles comparaisons peut-on établir entre les trois œuvres ? Illustrez votre réponse.

Votre avis nous intéresse !
Laissez un commentaire sur le site de votre librairie en ligne
et partagez vos coups de cœur sur les réseaux sociaux !

POUR ALLER PLUS LOIN

ÉDITION DE RÉFÉRENCE

- DE LAFAYETTE M.-M., *La Princesse de Montpensier*, Paris, Le Livre de Poche, 2003.

ÉTUDE DE RÉFÉRENCE

- Musée virtuel du protestantisme, Les huit guerres de religion (1562-1598), consulté le 1er octobre 2018, https://www.museeprotestant.org/notice/les-huit-guerres-de-religion-1562-1598/.

ADAPTATIONS

- *La Princesse de Montpensier*, film de Bertrand Tavernier avec Mélanie Thierry (la Princesse de Montpensier), Gaspard Ulliel (le Duc de Guise), Grégoire Leprince-Ringuet (le Prince de Montpensier), Raphaël Personnaz (le Duc d'Anjou) et Lambert Wilson (le Comte de Chabannes). Le film est globalement fidèle à la nouvelle, aidé par les dialogues de Jean Cosmos (1923-2014) qui a déjà travaillé sur des films historiques. Il développe cependant un peu plus certains passages et dialogues. Le Comte de Chabannes y a également un rôle bien plus important que dans la nouvelle.

SUR LEPETITLITTÉRAIRE.FR

- Fiche de lecture sur *La Princesse de Clèves* de Madame de La Fayette.

Retrouvez notre offre complète sur lePetitLittéraire.fr

- des fiches de lectures
- des commentaires littéraires
- des questionnaires de lecture
- des résumés

ANOUILH
- Antigone

AUSTEN
- Orgueil et Préjugés

BALZAC
- Eugénie Grandet
- Le Père Goriot
- Illusions perdues

BARJAVEL
- La Nuit des temps

BEAUMARCHAIS
- Le Mariage de Figaro

BECKETT
- En attendant Godot

BRETON
- Nadja

CAMUS
- La Peste
- Les Justes
- L'Étranger

CARRÈRE
- Limonov

CÉLINE
- Voyage au bout de la nuit

CERVANTÈS
- Don Quichotte de la Manche

CHATEAUBRIAND
- Mémoires d'outre-tombe

CHODERLOS DE LACLOS
- Les Liaisons dangereuses

CHRÉTIEN DE TROYES
- Yvain ou le Chevalier au lion

CHRISTIE
- Dix Petits Nègres

CLAUDEL
- La Petite Fille de Monsieur Linh
- Le Rapport de Brodeck

COELHO
- L'Alchimiste

CONAN DOYLE
- Le Chien des Baskerville

DAI SIJIE
- Balzac et la Petite Tailleuse chinoise

DE GAULLE
- Mémoires de guerre III. Le Salut. 1944-1946

DE VIGAN
- No et moi

DICKER
- La Vérité sur l'affaire Harry Quebert

DIDEROT
- Supplément au Voyage de Bougainville

DUMAS
- Les Trois
  Mousquetaires

ÉNARD
- Parlez-leur
  de batailles,
  de rois et
  d'éléphants

FERRARI
- Le Sermon sur la
  chute de Rome

FLAUBERT
- Madame Bovary

FRANK
- Journal
  d'Anne Frank

FRED VARGAS
- Pars vite et
  reviens tard

GARY
- La Vie devant soi

GAUDÉ
- La Mort du
  roi Tsongor
- Le Soleil des
  Scorta

GAUTIER
- La Morte
  amoureuse
- Le Capitaine
  Fracasse

GAVALDA
- 35 kilos d'espoir

GIDE
- Les
  Faux-Monnayeurs

GIONO
- Le Grand
  Troupeau
- Le Hussard
  sur le toit

GIRAUDOUX
- La guerre de
  Troie
  n'aura pas lieu

GOLDING
- Sa Majesté des
  Mouches

GRIMBERT
- Un secret

HEMINGWAY
- Le Vieil Homme
  et la Mer

HESSEL
- Indignez-vous !

HOMÈRE
- L'Odyssée

HUGO
- Le Dernier Jour
  d'un condamné
- Les Misérables
- Notre-Dame
  de Paris

HUXLEY
- Le Meilleur
  des mondes

IONESCO
- Rhinocéros
- La Cantatrice
  chauve

JARY
- Ubu roi

JENNI
- L'Art français
  de la guerre

JOFFO
- Un sac de billes

KAFKA
- La Métamorphose

KEROUAC
- Sur la route

KESSEL
- Le Lion

LARSSON
- Millenium 1. Les
  hommes qui
  n'aimaient pas
  les femmes

LE CLÉZIO
- Mondo

LEVI
- Si c'est un
  homme

LEVY
- Et si c'était vrai…

MAALOUF
- Léon l'Africain

MALRAUX
- La Condition
humaine

MARIVAUX
- La Double
Inconstance
- Le Jeu de l'amour
et du hasard

MARTINEZ
- Du domaine
des murmures

MAUPASSANT
- Boule de suif
- Le Horla
- Une vie

MAURIAC
- Le Nœud
de vipères

MAURIAC
- Le Sagouin

MÉRIMÉE
- Tamango
- Colomba

MERLE
- La mort est
mon métier

MOLIÈRE
- Le Misanthrope
- L'Avare
- Le Bourgeois
gentilhomme

MONTAIGNE
- Essais

MORPURGO
- Le Roi Arthur

MUSSET
- Lorenzaccio

MUSSO
- Que serais-je
sans toi ?

NOTHOMB
- Stupeur et
Tremblements

ORWELL
- La Ferme
des animaux
- 1984

PAGNOL
- La Gloire de
mon père

PANCOL
- Les Yeux jaunes
des crocodiles

PASCAL
- Pensées

PENNAC
- Au bonheur
des ogres

POE
- La Chute de la
maison Usher

PROUST
- Du côté de
chez Swann

QUENEAU
- Zazie dans
le métro

QUIGNARD
- Tous les matins
du monde

RABELAIS
- Gargantua

RACINE
- Andromaque
- Britannicus
- Phèdre

ROUSSEAU
- Confessions

ROSTAND
- Cyrano de
Bergerac

ROWLING
- Harry Potter à
l'école des sor-
ciers

SAINT-EXUPÉRY
- Le Petit Prince
- Vol de nuit

SARTRE
- Huis clos
- La Nausée
- Les Mouches

SCHLINK
- Le Liseur

SCHMITT
- La Part de l'autre
- Oscar et la
  Dame rose

SEPULVEDA
- Le Vieux qui
  lisait des romans
  d'amour

SHAKESPEARE
- Roméo et Juliette

SIMENON
- Le Chien jaune

STEEMAN
- L'Assassin
  habite au 21

STEINBECK
- Des souris et
  des hommes

STENDHAL
- Le Rouge et
  le Noir

STEVENSON
- L'Île au trésor

SÜSKIND
- Le Parfum

TOLSTOÏ
- Anna Karénine

TOURNIER
- Vendredi ou
  la Vie sauvage

TOUSSAINT
- Fuir

UHLMAN
- L'Ami retrouvé

VERNE
- Le Tour
  du monde
  en 80 jours
- Vingt mille
  lieues sous
  les mers
- Voyage au
  centre de
  la terre

VIAN
- L'Écume des jours

VOLTAIRE
- Candide

WELLS
- La Guerre des
  mondes

YOURCENAR
- Mémoires
  d'Hadrien

ZOLA
- Au bonheur
  des dames
- L'Assommoir
- Germinal

ZWEIG
- Le Joueur
  d'échecs

L'éditeur veille à la fiabilité des informations publiées, lesquelles ne pourraient toutefois engager sa responsabilité.

www.lepetitlitteraire.fr

ISBN version numérique : 9782808014328
ISBN version papier : 9782808014335
Dépôt légal : D/2018/12603/476

Conception numérique : Primento,
le partenaire numérique des éditeurs.

Ce titre a été réalisé avec le soutien de la Fédération Wallonie-Bruxelles, Service général des Lettres et du Livre.